JN012199

鳥のように
イルカのように

井上舎密

写真　日向恵子

目　次

目次

ソネ：小さな詩

鳥のように
Sonnet

ソネ：小さな詩

だんごむし

はじめに歌の年があった
その誘因にはもとよりクララの名
逸早く行間から曲想が溢れ出す
「詩人の恋」

銅版を截(き)り裂く創痕(きず)の顫(ふる)える線が
濃やかにそれからそれへと紐解いていく
女神洋子と詩人の関わり方について
「女に」

一度も日の目を見ることなく
闇の底で犇(ひしめ)いている生き物たちの
気配があちこちから寄せかけてくる

芥塵(ごみ)溜めのどこかの片隅に潜む
だんごむしの夫婦のように抱き合って
詩と音楽に一生浸っていたい

チェリー

一際高いポプラの下の辺りが
ぼうっと薄くれないに煙る風情で
遠方からでも目を引いている
或いは桜でもあったろうか

久しぶりに行ってみると
隣のポプラから下枝が延びて
傍らのか細い桜の若木をそっと
抱きかかえるようにしていた

元踊り子チェリーは
フィリピンから来た花嫁
主婦として日々の農作業に勤しむ

初々しい桜が好んで
厳つい(いか)ポプラに寄り添う
異種合歓

いつから

ただいまと目の前に立たれて
しばらく理解に手が届かなかった
現に何が起こっているのか
余人なら知らないが

なるほどと頷くにはほど遠い
振り返ってみても憶い当る節はない
混じり気なしの白髪を目の辺りにすると
いつからという懐いに囚われる

殆ど無風に近いというのに
遥か上空では千切れ雲が流れ
次々に赤蜻蛉が頬を掠めてゆく
かねて風が出ていたらしい

改めて周囲を見渡して
見落としていた事実に気付かされる

択一

そう遠からず燃え尽きる命と
生まれ落ちて間も無い命を対比すれば
帰着するところは自ずと明らかに
とは言え命の対価は量られない

ノアの方船(はこ)の場合から始まって
賽を振って決めた先例に照らしても
今もって第三の方途を見出せていない
二者択一

苦汁は十分飲み干した
曠野の彷徨は果てしもないが
どんなに胸許を掻き抱いてみても
空いているベッドは飽くまで一つだけ

生死を分けるのもやはり人の
胸先三寸

同志

竈（かまど）の焚き口を前に
雑炊や具の乏しい味噌汁を用意するために
火吹き竹に両手を添えながら
よく眼を腫らしていた若い母

円い卓袱台（ちゃぶだい）を囲む夕餉（げ）をさっさと済ませると
月の明るい夜は外に出て一刻を過ごす
はらからは満ち足りて早々と
寝間へと戻って行った

何か食べたら
後からいただきます
また食事が当たらなかったか
まだ奥歯が疼いているのか

夫を征かせ田舎に落ち着いてみたが
明け暮れ母は途方に暮れてばかり

黄檗

辞書によると黄色とは
三原色の一つで菜の花の色
やはり同様に原色に近いのが
その名も黄檗(きはだ)色

高い樹冠の叢(むらが)りにあって
下からは見過ごされてしまう花々
蜜蜂や花虻の仲間だけが
よくそれを知っている

樹皮を剥ぐ傍から滲み出す樹液
鮮やかな裸の幹の黄金の肌より
俄かに立ち上がる色気（け）がある

以前それと同じ色を眼にした
地吹雪の息継ぎの間に垣間（かいま）見た
かの望月（もちづき）

天使

十歳前後の男子が二人
人気（け）の少ない仮舗装の路地裏を
肩肘を張って通り過ぎてゆく
その後から続く小さな女の子

塵芥処理場の屑拾いで彼らは出逢った
歳上の子は屑鉄を集め
下の子は空き瓶を拾う
一人はズック一人はサンダル履き

短いスカートに裸足の女の子は
専らビニールだけを手掛ける
それが三人の間の約束ごと

もと集団間の競合から始まったというが
このグループ内でも正義は通用しない
しかし天使はいる

無人駅にて

待合室の年代物のピアノのために
小型トラックで搬ばれてきて
椅子代わりに用意されたどっしりした臼
新しい連れ合いのように

どこからか臼を齎(もたら)した人が
最後にそれを裏返しにしてから立ち去ると
小さな座布団を抱えた女の子がやってきて
当然のように臼の椅子に腰掛ける

ここは山深い木材の原郷
二つながらもとこの地の大樹から採られた
いずれ劣らぬ特注の重量級
物と物との間に親和性が漂い出す

最終便はとっくに出てしまったのに
ピアノは途切れることなく続く

ミミ

「番組の担当はミミです」
ロック・ミュージックの時間が近付くと
わたしはカセットをセットする
ＦＭの波長に合わせて

とっくに演奏が流れ出しているのに
身体(からだ)はなぜかリズムを刻まない
わたしの聴きたいのはミミの声
録音しようとする手の動きがせわしい

放浪のボヘミアン学生の恋人には
いずれも貧しい縫い娘（こ）のミミ
パリの屋根裏部屋の無名詩人には
ミミがやはり似つかわしい

モニターの声音（こわね）に魅了されたわたしの
目下の意中のひともミミ

メメント・モリ

久々の美容院から戻ってくると直ぐに
執り上げた手鏡のなかの自分に対き合って
好い表情でそれとなく笑みを零す
奇蹟の一枚

モノクロームの地味な写真集を前に
ある場面から眼を逸らせられなかった
といつかわたしに洩らしたことがある
それ以来いまだ見ぬインドに与した

聖なるガンジス河のほとりで
野犬が餓狼となってこともなげに
河原に打ち上げられた人を喰らう

不信仰の徒であるわたしが時として
誰にともなくぽつりとひとり言つ

メメント・モリ

通路

たとえ通路があっても気が付かない
気付いても脚を入れるのを躊躇(ためら)う
一人だけが鏡の内側へと踏み込んでゆく
「オルフェ」のように

監督ジャン・コクトー
俳優ジャン・マレー
二人のジャンのうちどちらがオルフェウスで
どちらがエウリュディケーなのか

誰もが左側の列に行儀よく並んで
誰もが手摺りの黒ベルトに触れて
地下駅のある大深部へと下ってゆく

鏡の背後はどうなっているのか
どこまで行けば地下鉄に乗れるのか
本当のことは誰も知らない

遐い目

何をいつまでも見詰めているのか
朝焼けの後は必ず雨になるからと
西の空を飽かず眺めているのか
遐い眼をした猫よ

何を凝っと見詰めているのか
寝返りもできないベッドの上から
自由への願望を推し量っているのか
遐い眼をしたわがひとよ

あれもこれも一通りやってみたが
びくとも動かない原付自転車を前にして
呆然と佇ち尽くしているわたし

梅は咲いたか桜はまだか
火炉の焔を黙って見詰めていると
逞い目付きになってくる

パントマイム

汚辱や淫行に満ちた場所
悪徳に塗(まみ)れた男女の集う場所
それでいて神にも近く聖なる場所
天井桟敷がパリのどこかにあったらしい

バチストは白塗りで表情を隠す
バチストはとんぼ返りができない
バチストは天井桟敷の人々に紛れ込む
恋するバチストは殺されず生かされもしない

善意の人々の悪意には油断がならない
貧しき人々にもご加護がありますように
忘れ得ぬ人々が居るので辛くも生きられる

この世のどこかで奇蹟が演じられる
白面冠者による今宵限りの
一席のパントマイム

鴉片のように

どこをどう見渡しても見当たらない
わたしを現(うつつ)から夢に届けてくれるもの
幻影の傘を差しかけてくれるもの
伝説の一服の鴉片のように

まだ熟していない芥子(けし)の実の
乳液を乾燥して作られた赤褐色の
一片を吸引するための場所鴉片窟は
どこにあるのだろう

鴉片をめぐる戦争の通り過ぎた後の
上海にサイゴンにパリにそして多分
長崎のどこかにもあったはずだ

もうそろそろと声が掛かる
この甘美な夕暮れどきの誘惑に遇(あ)って
わたしたちは連れ立ってゆく

出立

そこかしこに散らばっている
積み木細工の家の木片を後にして
主人から見放された飼い犬らしく
宛て処（ど）ない旅に出よう

記憶という記憶は遠く飛び去った
手許の荷物もどこかに置いてきた
いつ見えない冷たい手に触れられても
それとなくやり過ごす

どんな幻想を描くのも自由
とどこからか唆(そそのか)す声がかかるが
そうなれば却って自由が重荷になるだろう

でもやはりわたしは出立(しゅったつ)しよう
この身一つのわたしを待ち受けている
どこまでも白無垢(く)の明日に向けて

マネキン

三々五々向こうから近付いてくる男女
老いも若きも例外なく鼻と口を
覆っている真新しい一枚の布切れ
まるで防弾チョッキのように

白ガーゼ
水色のワルツ
真っ赤なリボン風
それに烏の濡れ羽いろ

周囲より向けられる視線のさきで
意のままに正面から素顔を晒し
躊躇（ためら）いもなく肢体を曝（さら）け出している
ショーウインドーに居並ぶマネキン

彼女たちだけが隠すことも懼（おそ）れることも知らず
美と若さの盛りを競っている

別れ

間接照明の仄明るい独房で
切ないほど心地よい羊水に
たっぷり浸されているといつまでも
ここに居られたらと想われてくる

間もなく狭い産道を通り抜け
こちらから外の世界に押し出されて
どうやら一生というものも始まるらしい
多分にわたしの意に反して

流れている「別れの曲」の旋律
親になる二人の手と手が触れ合って
走り去るバイクの爆音

母猫の舌さきの愛撫を
享けている仔猫のようにわたしは
今多幸感に満たされている

ときめき

壁画炎上
そこには玉虫厨子(ずし)の捨身飼虎の図も
含まれていたかも知れないそれ以来というもの
世上の人々は心底に虎狼を飼う

薔薇窓炎上
青や赤や黄色や縁取りの黒はどこへ
滋雨となって降り注ぐ光彩も消え失せた
自然は何を模倣すればいいのだろう

上っては夢見る木版が
下ってはときめくあの活版が
東に百万塔陀羅尼(だらに)経がありそして
西にはグーテンベルクの聖書が続く

親しい友を見送り唯一遺されたものは
ページを繰(く)るときのときめき

呟く

山側から浜辺にかけての
剥き出しの断層をよく滑り下りた
一歩一歩に連れて唱い出す鳴き砂もあった
あの追憶の日々

クリスマス・キャロルの
ボーイ・ソプラノは絶えて耳にしない
ルイス・キャロルの秘蔵っ子アリスも
鏡の国を後にしてから幾久しい

目覚める傍から台所に立つ
疲れを知らない若い母は幸いである
乳房を口にしたままいつか睡っている
その懐の稚(おき)な児も同じく幸いである

胎内の想い出に生きる児が或るときふと
人生最良の日はどこにと呟く

炎

青い炎の向こうに
透けて見えてくる何かがある
薄暗い実験室の燃焼するガスの炎に
眼を凝らしている菜っ葉服の父

赤い炎の向こうに
透けて見えてくる何かがある
竈から取り出した火の塊を火搔き棒で
突き崩している緋色のお腰の母

火種を求めて闖入者が一人
天井裏から床下の室（むろ）の中まで
残らず見届けてから立ち去った

熾火（おき）に松葉をくべると立ち上る
黄色の炎の渦巻き模様に
透けて見えてくる宿世（すくせ）

芸術のために

天上から世俗へと
声明（しょうみょう）やグレゴリオ聖歌の
低く野太い男声が下（お）りてくると
大いなるものの前に立ち止まらせる

バッハは日記を付けるように
教会用カンカータを書いた
荷風は小説を書くように
日々の日乗を付けた

もう一度だけ社会生活上のすべての
ささやかなことを犠牲にさせよ
すべてはお前の芸術のために
とルートヴィヒ・ヴァン・ベートーヴェン

どこからか低い呟きが呼応する
天上の芸術も日々のささやかなことも

コロナ

蝋燭の煤付きガラス片かそれとも
黒セルロイドの下敷きを用意したはずだ
その効あって皆既日蝕が見られたか
生憎（あいにく）の天候で期待外れに終わったか

コロナ或いは金冠蝕
なぜかその名は礼文（れぶん）島と結び付く
年少時のわたしにとってのコロナ体験は
礼文の名とともにある

「マンフレッド序曲」は
チャイコフスキーの名とともにある
大分後れてからバイロン卿の
名を冠した詩集を手にした

しつこく耳にするが一切
コロナ体験の要らないコロナもある

アップルパイ

まるでどこかの果樹園で手近かな
枝から捥(も)いだばかりの林檎そのままに
ころころと身を揉むようにして
ひときわよく笑う

そしていつもの癖で極(ご)く軽く
片目を瞑って科(しな)をつくりながら
ビミョウと小声で呟く
パリ仕込みのスタイリスト

その上ですぐに元に戻っている
それがすっかり板に付いていて
たとえ周りがどう取ろうと
決めたスタイルは変えない

そう言えばアップルパイをあちこちに
零(こぼ)しながら取り寄せるのも一人ショー

ロメオ

窓口で渡された一枚の紙片に
名刺の上書きのような文字が踊っていた
アルツハイマー氏パーキンソン氏などと連ねた
壽限無(じゅげむ)壽限無風の長い名

奥歯で噛み砕いた梅の核(さね)を取り出して
小さな孫を前によく口伝えしていた
ほらこれを食べるときっと
誰よりも賢くなれるのよ

ロメオロメオ
あなたはなぜロメオなの
とささやく声がバルコニーから降ってくる

もうどこにもジュリエットはいない
ロメオではないわたしもここまで
とうに生き延びてしまった

眺め

どこまでがあるべき日常で
どこからがそうではない日常なのか
乾燥と水没と液状化の進行する
三叉路で行き暮れている

いつも冬枯れのなかに身を置いていると
いつか日常から失われて久しい
日溜りの多い縁側に座っている人物の
後姿がどこかに見え隠れする

ノーマルを超えた非日常が
日常化しているこの世の明け暮れに
もうはっきりと終止符を打とう

改めて身の回りを見渡してみても
やはり冬枯れの眺めばかりの続く
非日常の日常

ソレントへ

雑（ま）じり気なしの笑顔が
向こうから飛び込んできたりすると
孵ったばかりの山繭のように
どこまでも瑞（みず）々しい

一転戻って来る応（う）け答えの
つんと取り澄ましたような
よそよそしいまでのその表情は
越冬の薄（すすき）の穂のように老成している

けさの朝焼けのあの見事な菫色(すみれ)は
ゆうべの闇が限りなく深かったから
闇と光は仲のよい双子の姉妹
光にはかねて闇が連れ立つ
すべては束(つか)の間の幻影に過ぎない
疾(と)く帰れソレントへ

河川敷

キキキキキキ
河川敷の叢（くさむら）の間から声が上がる
寝所に踏み込まれたか
抱卵の最中（さなか）に脅されたか

雌狐の眼が光る
慌てて飛び立ったよしきりは
居場所を教えてしまったことに
われに返ってようやく気付く

靄のように煙のように
どこからともなく忍び寄る
闇の気配が瞼を濡らす

落日後の上空に搖蕩う耀きも失せて
塒では仔狐たちが親の還りを
いつまでも待ち侘びている

ミッキー・マウス

地表の大部分が雪に蔽われて
備蓄の食べ物も不足しがちになると
決まってわたしの書斎を訪れてきて
気侭(まま)な冬籠りの暮らしが始まる

居間にもたまに顔を見せるが
多くは書物を友に風雅を愛し
書棚の一隅を仮の住処(すみか)にしての
読書三昧(ざんまい)の明け暮れ

よほどのお気に入りなのか
見開きのゴーギャン画集の上から
しばしばわたしに向かって謎かけを試みる
われわれは何者かどこから来てどこへ行くのか

そろそろその傍らに金網の捕獲器を置こう
ミッキー・マウス氏の行方(ゆくえ)を見届けるために

流星群

獅子頭（がしら）に頭を齧られて
大泣きをしたのが記憶の始まり
そのとき秋祭りの太鼓囃子（ばやし）が流れていた
大流星群が待ち遠しい

以前は織姫が顔を見せず終（じま）い
今度もどこかに流星群が行方不明
氷雨（ひさめ）下る今宵街の灯（ひ）を除いて
五月（さつき）闇より暗く湿っぽかった

焼夷弾を隙間なく降下させて
空の覇者ボーイングB29が通過すると
市内一番の映画館オリオン座戦火により焼失す

獅子座流星群は来年のために取っておこう
人気（け）ない空の下にどこからともなく
「ノヴェンバー・ステップス」

かたつむり

蝶のように舞い落ちてくる
夏の初めの気紛れな病葉(わくらば)
余すところなく黄ばんで
果敢(はか)ないまでに透き通っている

木の葉のように舞い落ちてくる
或る朝蛹から俄かに跳躍した蝶
急ぎ少女から女に変身するように
マリアもマグダラのマリアも

目には目を
ハンマーには金床(かなどこ)を
唇に歌を
揺るがぬ平和を

蝶にも木の葉にもなって今はただ
舞え舞えかたつむり

凩

びょうびょうと遠く近く吹き渡る凩に
わが身を曝しているわたしにとって
この凩だけが何より親しい
係累のように感じられてくる

目を瞑るとすべての音が消えて
光も闇もないただののっぺらぼう
ひとり意識だけが暮れ泥んでいる
そこにも凩は吹いているのだろうか

夜が更けても縁側に琵琶を横たえたまま
うら若い僧が何時までも正座している
その耳には呼び声が谺しているはずだ

十一月もう引き返せない
凩に吹かれているのはわたし
凩になって吹き荒んでいるのもわたし

魚道

ただ遡上という約束を果たすために
新たに設けられた魚道から
ひとたびは失われた生の拡充を
取り戻すことができるのだろうか

都会の周縁を巡る二級河川の
無味乾燥なコンクリート三面張りの
川床や石塊（いしくれ）に付いている水藻にはまだ一度も
齧られた形跡が見当たらない

あたらしい魚道を後にやがて
見出すのは中州に岐(わか)れる幾筋もの流れ
その一つの淀みにあってどこか
晩(おそ)い陽差しに閃く魚鱗

この秋のさきがけを担った
回遊魚のえがく孤影

空耳

ホップ・ステップ・ジャンプ
伴走者は三段跳びの名手
小型船相手の競泳を好んでいる
わたしのイルカはどこにいるのだろう

ホエール・ウォッチ目当ての観光ではない
潮目の変わる辺りが好漁場
少し上げた舟艇の速度に上手に合わせて
久しぶりに彼女の歓びの声が流れる

空耳か何かの仄めかしか
それまでの平静なもの言いの中から
なにげなく零れ落ちた一言
婚活中

もっと高くもっと自由に
イルカはいつも夢見てばかり

いずこへ

始めに一人続いてもう一人
九人目十人目と地上に下り立つ
いつか形成されるこの究極の多数派に
来たるべき未来を託す

襲ってくる獣を避けて洞窟へと逃げ込む
たとえ餌食(えじき)になっても移動は止(や)まない
樹上から地上への旅路の果てに
反転獣への狩りが始まる

初めて彼らを沼地に追い込んだ記憶を
篝火(かがりび)に照らし出された洞窟の最奥部に象(かたど)る
選ばれた人々が今この場に集う
大いなる存在の名において

ここに神が生まれた
もはや誰にも選良たちを押し留(とど)められない

伽藍洞（がらんどう）

風薫る五月の初め
高層ビルの踵（きびす）を接する辺りに
さながら不意を打って出現した
この伽藍洞は何だろう

仮想空間ならいざ知らず
いくら目を凝らしてみても
人影らしいものなど見当たらない
明朗さに潜んでいる禍々（まが）しさ

地下の忘れ物センターで受け取って
久しぶりに掛けた老眼鏡のせいかと
外してみてもちぐはぐさに変わりはない
地上への昇降口は石器時代のドルメン

不調和な連鎖の続く果てに
いみじくも露れたコロナ大通り

友

メタリックの車が滑り込んでくると
開け放しの天蓋が閉じられて
作業帽髭面繋ぎの服装の人物が
手を振って下りてくる

満を持しての論議が始まる
相手は譲ることを知らない好敵手
激昂するとテーブルを叩くことも
すべて織り込み済み

思いの丈（たけ）を語り終えて
口頭禅の境地に近付いたかと思うと
反論の機会を相手に委ねたままいつしか
安らかな寝息を立てている

ジェット・コースターに乗って友が去り
わたしは回転木馬とともに取り残される

黒い雪

ここは谷地そこは氾濫原
どこまでも川沿いの道を上って行くと
いきなり正面に飛び込んでくる
三角橋

山間部に鉄骨の吊橋が出現したので
誰しもはっと身構えてしまう
底冷えの加速する時間に対き合う
三角山

隠れていて顔も見せないくせに
知らないうちに上っていて
気紛れで焦(じ)らしてばかりの
三日月

常夜灯の下はいつも劇場
ふわふわふわと落ちてくる黒い雪

挨拶

夕闇催いも近くなると
素肌の上のごわごわの開襟シャツが
漸く馴染んできて待ち遠しく思われた
出会いの時間がやっと動き出す

炎天下一日中どこにも動けなかった
すべての草花たちへの水遣りは
せめてもの挨拶あちこちに
いちいち声を掛けて回る

水甕の中ではいつまでも落ち着かない孑孑
さっきから耳許で微かな羽音を奏でて
わたしを求めている一匹の雌の蚊に
しばらく襟首を差し出そう

誰彼となく口数を費やしてきたわたしに
もうこれ以上ことばは要らない

流木片

手稲山系の源流辺りから
春先の出水によって搬ばれてきたのか
ここ中洲まで辿り着いてすっかり
縁の摩滅している流木片

一日中聴いていても飽きない
砂利のさざめきのトレモロに載せて
ゆったり口遊(ずさ)み始めた流木片の語りを
そのまま口伝えできるものなら

渓谷渡渉中の若いカップルが
増水の急襲に遭って脚を掬われ
すぐにどこまでも流されて行った
しばらくは一緒にやがて別々に

流木片の問わず語りに聴き入るわたしを
いつしか水が浸し始めているらしい

雀

視野を掠めて一斉に下り立った
途端耳朶打つ連続音は太鼓連打
トタン屋根の上で群雀の演じる
一瞬の白昼夢

風が騒ぐのかと見上げた高みから
やや離れた木末目掛けて一散に
駆け抜けていったその先に
番いの百舌がもう一羽

匈奴に囚われ苦節十九年
雁信蘇武の帰国が漸く許される
杖代わりに常時蝙蝠傘携行のホームズが
ベーカー街２２１号Ｂにある事務所を出てゆく

朝に夕に耳目を擒（とりこ）にしたひところの
彼らをここしばらく見かけない

ささやくニンフ

森に通う小暗い泉のほとりにも
キャンプ場の水呑み場の蛇口にも
氷雪祭りの融け出した水溜まりにも
ささやくニンフがいる

ここにも手許から滑り落ちたコップの欠片
かしこにも見果てぬ夢の数多の残滓
急ぎの用向きでも帯びているのか
誰も彼も徒競争のような急ぎ足

思い切って大声で叫んだ後の
危うくぎりぎりの均衡を保っている
手漕ぎボート

限りなくやさしい夕暮れどきにも
一日に刻まれた幾つもの悔いが残り
ささやくニンフがいる

食べるひと

食べるひとを見ていると
今まで知らなかった風景に気付かされる
尺取虫でも飼っているかのように
伸び縮みする咽喉もと

ほんの少しの膨らみを保ちつつ
ときに劇しくときに優美に嚥下(えんげ)する様子は
いつまでも見飽きることのない
スリリングな動き

スクランブルの肩の触れ合うほどの人混みを
難なく泳ぎきって背伸びしながら
手を上げているひとがいる

その指のさきから一筋
立ち上っている何かの気配は
とうに閾（いき）を超えている

読むひと

一晩中空の影絵と
ゴングの伴奏に付き合わされて
迎えた未明の地平はどこまでも赫（あか）黒く
河口の水はものを載せて逆流していた

人の形を喚（よ）び起こされてしまうので
用水槽や側溝を覗き込んだりはしない
空腹を抱えていくら焼け跡を歩き回っても
渇きを癒してくれる本など見当たらなかった

彼(か)の時以来現今(いま)に到るまで
眠り続ける夢遊病者であって
睡られない半覚醒者でもあるわたしの
結末の見えない顛末

「存在と時間」を消化しようと
ページの隅を千切ってそっと呑み込む

シレトコ

夜半（よわ）よりなお暗い夜明け前の闇を衝いて
年上の友とその揺籃の地へと向かう
人々は当地を地の果てと呼ぶ
シレトコ

踏み惑うばかりの根曲がり竹の海に
在（あ）りし日の掘っ立て小屋が浮かび上がる
その萱葺屋根の煙出しからは
時に炊煙が立ち上っていたはずだ

ちんちんと鉄瓶の鳴る傍らでは
大荒れに吹雪く夜すがらも
身を寄せ合って過ごすはらからの
そこだけにあった肌の温もり

大地への自由と
大地からの自由と

会得（えとく）

いつの日か
漆黒の襟裳（えりも）の暗闇の底で
白く砕ける波濤を見てみたい翌日は
岩礁の連なりを目（ま）の当たりにするだろう

いつの日か
削（そ）げ落ちた雄有珠（おうず）の頂から
放たれる一条の曙光を見てみたい或いは
イカロスの失墜にも立ち会えるだろうか

目の前から人が一人消失した日
わたしには何となく判っていた
別に二つと無いことが生じたわけではない
以前の状態に戻っただけ

はっきりしていることは
都会の一隅で老いてゆく

性教育

一ページ目を捲(めく)ると右と左に
量感豊かな女性と筋肉質の男性
真中に居る小さな女の子がわたし
誰もが身に一糸も帯びていない

生贄(いけにえ)の雄山羊の悲鳴
アラスカ狼の遠吠え
桂冠詩人ガルシア・ロルカの
胸許(むなもと)を射抜いた一発の銃声

艶やかなわたしの頭頂部が覗くと
受苦者の表情がすっかり入れ替わる
苦痛を経て歓喜へ

もう一人のわたしがわたしに告げる
生きとし生けるものすべて
ここから始まる

旅への誘い

季節外れの大型台風が
頭越しに駆け抜けて行った後
周りからすべての跫音(あし)が消えた
旅に出よう

小編成の日高本線に飛び乗り
着いた先が春立(はるたち)駅直ぐにそこも出ると
段丘状の砂浜の一角に佇(た)つ
夜明け前の仄かな曙光を待って

小型漁船にしばらく揺られて
気が付いたら雄冬岬これと定めた地点で
日没後の冷ややかな微光を掠め盗る
狂おしい昂りを抑えながら

季節外れのこの生を紡ぐようにして
わたしは旅に出よう

決まり

わたしが子どもだったころ
世の中には決まりというものがあって
それに従うものだと観念していた
おとなの言うことが決まり

しばらくすると不自由さを覚える
不自由なら取り替えればよいが
取り替えるのはそう簡単ではない
おとなはそれを認めたがらないから

また或るときは自他の間に少なからず
差異があることに気付かされた
どの辺りに線を引いたらいいか
そのどこにも決まりはない

誰にも一人の自分があり
どこかに誰かの照り返しがある

通話

ボンジュール
今日はいつもと違うらしい
同様に鼻筋に抜ける発音で
戻ってくるのが通例だったのに

ボンジュール
例の鸚鵡返しの谺(こだま)も戻ってこない
何かが人の邪魔をしているのか
或いは電波が飛ばないのか

おぎゃあおぎゃあ
いつもご機嫌ですね
おぎゃあおぎゃあ
母さんが好きなのですね

確信に満ちた産児(うぶ)の泣き声がする
ボンジュール

ポム

ポムは爆弾
ポムは地上のトマト地下のジャガタラ
ポムはエデンの園でイヴを誘惑する
知恵の木の実の林檎

性は温順ひしゃげた鼻の
フレンチブルドック・ポム
只今終日サークルを出ずに
引き籠り中

通信使の伝書鳩
薔薇の騎士オクタヴィアン
石炭を載せた橇（そり）を挽（ひ）く樺太犬

ポムにとっての誤算は外に出ると
愛嬌のある咆え声が小さくなるので
誰からも振り向いてもらえない

イルカのように
Ballade

バラード：譚詩

楽園で

いくら指先を近づけようとしても
意識がはっきりしていないことから
さっぱり自分の思うに任せない
それにつけてもこのあるかないかの接触に
またぞろ惹かれていくのはどうしてなのか

どこからともなく
そっと触れてきては
すぐに離れるこの滑らかな動き

ひそやかで遠慮がちなその肌触り

これはどうなっているのか
そこにいるのはどこの誰か
まるで頬をなぶる微風そして
囁くような旋律がどことなく起こり
わたしを程よい夢心地に誘ってくれている

でもわたしは既に
今の自分の置かれている状況に
真面(まとも)に向き合おうともしている
これではどうにもならないと感じている

眠気に後ろ髪を曳かれながらも
一刻も早くこの優柔不断な状態から
きちんと立ち直らなければと
どこかで思い始めている

その微かなうごめきからすると或いは
胸許にも余る長い髪の先端が上段から
ずるっと滑るように垂れ下がってきて
それが深々した呼吸に連れられながら
ゆらゆらと揺らめいているのだろうか

それとも寝しなの挨拶の際に目にした

別して分身のように付き添っている
縫い包(ぐる)みの仔犬が退屈しのぎに
わたしの身辺を訪れたのか

不意に何かが動いた
そして肩から両の乳のあわいへと
ゆっくり移ってきて今ちょうど
鳩尾(みぞおち)の辺りに逗留しているらしい

そのちょっとした窪みが
何かしら気に入った場所で
こよない休憩場所というふうに

どこまでも自然な感触を伝えながら
しかし僅かに覚える圧迫感に
直ちにわたしの体が反応した
固められた右手の拳が弾みをつけて
素早く真横から繰り出された

そしてそれはすっかり安心しきって
全身を委ねていた相手を急襲した
得体の知れない何かは身を躱す暇も無く
手摺りを越えて床上へと落下していった

「どうかしたのかしら
お姉さんお分かりでしょうか
何かとても大きな物音がしましたが
今のは何だと思われますか」

急に頭の天辺（てっぺん）へ甲高い若い女性の呼び掛けが
飛び込んでくるのを耳にしたわたしは
慌ててベッドからフロアへと下り立つ

「ちょっと待って
急いで確かめたうえで報告するから」
一言だけ返すと程近い自分用の机まで

走り寄ってスタンドの明かりを点ける

照らし出されたのはほぼ机上とその周辺
ほかのところがどうなっているのか
見届けることなどできそうにない
それではと天井の点灯用の
スイッチに手を延べる

今になってドラムの早打ちのような
心臓の鼓動の高鳴りに気づくと同時に
早く確かめたい一方でもうどうでもいい
といった背反する思いも交錯する

何かがそこにあるらしい
掌(て)の甲にも足りない灰色の塊が一つ
まだ未成熟な鼠だろうか
カシャカシャカシャ

それは寝台からやや離れた場所に
ひっそりと横たわっていた
青みを帯びた蛍光灯の光の下で
毛並みの先端が僅かに銀色に煙っている
その俯(うつむ)きになった姿勢のすんなりと
延ばされている下肢あたりから

仄かに立ち上っているエロス
何か秘密めいた妖(あや)しさ

この日の昼下がり
市街の中心部で落ち合ったわたしたちは
これからの約半月間何につけても
ともに過ごすことになる

二人はこれが初顔合わせ
この待合場所でお互いを確認した後
目的地の語学研修の施設を目指すように
と案内書で指示されていた

観光客向けの店舗の建ち並ぶ市街地を抜けて
やや勾配がかった通りを上ってゆくと
すべてが背後の広大な湾に注ぐ
大小幾筋もの川を越える

その一つを跨いでいる橋の無骨な欄干に
横並びに凭れながら姉妹のように寄り添って
いかにも興味ありげな様子でわたしたち二人は
さっきから目の下を流れる川面を覗いていた

もっともその水面に当る部分の
半ばまでは大量の生活塵芥で占められて

水はその中ほどを滞りながらそれとも知れず
ゆっくりと動いているだけなのだが

「ほらあれを見てみてください
ビニールの大きな塊の下の辺りを
何かがさっと走って行ったのが判りますか
ああもうどこかに消えてしまったわ
でも尻尾(しっぽ)の先だけ見え隠れしています」

「ええ判った尻尾を盛んに振ってるのは
多分ここにいるわたしたちに気付いて
仲間たちに注意を促しているのでしょう」

わたしは無意識に手許のカメラを操っていた

「でももしあれが片方の雄だとすると
頭の先の方にあるはずの塒（ねぐら）では身重の
雌の愛妻が待っていてその彼女のために
彼が食事を運んできたのかも知れませんよ
あの嬉しそうな尻尾の振り方を見てください」
この二人連れはこの先きっと実の姉妹よりも
好い関係になれるに違いない

「どうしようどうしよう」
ぼそぼそと咽喉の管を通して

押し出されてくる鼻声にわたしは
すぐさま友のもとへと駆け寄る

その彼女はさっきから柵の内側で
身を乗り出すようにしながら
ことの意外な展開に覚えず知らず
動かされ易い心の内側を
揺すぶられていたのだろうか

艶やかな漆黒の髪の毛に手を差し延べて
慰撫しながらか細い撫で肩をそっと引き寄せる
それからおもむろに背後を振り返って見る

そこにはまだ温(ぬく)みの残っていそうな
例のものが放置されたままになっている
さっきまでわたしの一部でもあったもの
わたしの身内のどこかの片割れが

持ち物の中からビニール袋を取り出して
犬の糞を始末する要領で拾い上げる
そして部屋の隅に安息の場を用意する
これですべての作業は終わり

明日あの橋より下流のどこかから
もう少し勢いのある水路に載せてやれば

いずれは大洋へと送り届けてくれるだろう

湾の沖合いまで向かうには
南の楽園とも呼ばれるこのS島でも
とりわけ夢見ると形容されることの多い
入り江の辺りから始まるはずだ

それにしても一度きりの青春というもの
わたしにはもう手の届かないものだが
なんといつまでもこころ惹かれる
得難い光景でもあるのだろう

ついさっきまで頻りに啜り上げていたはずの
わが同室者も今では一部始終を見届けて
もう健やかで規則的な寝息を
繰り返しているらしい

聖少女

ふんふんふんふんふん

どこからか流れてくるきな臭さに
気付いたわたしはまるで動きの自由を
奪われでもしたように前のめりに
いつか脚を踏み出していた

必ずしも生易しい臭いとは言えない
微かでも或る種の劇しさを伴って

どこまでも鼻孔を刺激してくる
炎天下やや翳りを帯びてきているが
蚊遣りなどの小規模な焚き火にはまだ早い

多くの成分の混じり合う臭気は
風の吹き方からするとどうやら
川の気流に乗って上手方向から
搬ばれてくるものと推定される

現在のわたしは猟犬同様
何か見えないものに駆り立てられながら
流れの来し方を見極めようとしている

またそう思わせずにおかないこの異臭

他方猟犬でないわたしは
見当をつけてゆっくり進むしか方法がない
足許は酷暑で焼け焦げた雑草で埋め尽くされ
川沿いの大小の樹木は僅かな隙間もなく
どこまでも続いているように見受けられる

圧倒されるばかりに奔放な熱帯樹林の
どこかにあるはずの入り口を求めて
誰かに言われたわけでもないのに
わたしは何かと気を急かせていた

ただの獣(けもの)道より少しはましという程度の
開口部がやっと目の前に現れてきた
同時にそれは一気に強まった悪臭の
行き交う通路でもあるらしい

脚を踏み入れたその内部は
外光に乏しくまるで冥界さながら
迷路のように複雑な枝葉のトンネルを
精根の限り潜り抜けようと試みる

そこをどうにか脱出すると今度は目の前に
背丈の倍近くになって立ち塞がる

大きな壁に突き当たってしまう
いったいこれは何だろう

段々状に抉り着けでもしたような
幾重にも重なる痕跡を足掛かりに
やっとの思いで土塁の上に出た途端
思わずわたしはあっと声を上げていた

人間の生活の齎(もたら)した一切(さい)の排出物が
とめどもなく拡がっているこの場所は
長い期間かけて島中から集積された
大規模な塵芥処理場

わたしが逐(お)い続けてきた例の刺激臭も
この一帯から発生しているのだろう
或いはそれは目次の外まで陸続と続く
ごみ捨て場のあちこちから立ち上っている
幾つもの煤煙の仕業(しわざ)か

この立ち籠める煙霧のために
辺りの見通しはおよそ定かでない
地形や部厚い密生林で隔てられていても
ここは間違いなく島の心臓部で隠された名所

ただ残念ながらわたしには

周囲の状況を仔細に観察する暇(いとま)が
充分に与えられていなかった
時ならず耳の奥まで届いた間歇的で
一際(ひときわ)けたたましい泣き声によって

恐るおそるその声の方向へと爪先を向ける
五十キロ後半の体重を支える靴底が
直ぐ脛の下まで堆積物の奥の方へと
沈み込むのをどうにもできない

厄介な上下の動きに加えて
大きめの歩幅にも専念しながら

それでもわたしは目指すところまで
やっと辿り着くことができた

今その女の子はしゃくり上げながら
自分で積み上げたらしいビニールの山に
凭れかかるように腰を落としている
胸際まで片方の脚をしっかり引き寄せ
膝の上には小さな顎を載せて

裸足の足頸の周辺には赭黒く変色した
血溜まり模様も既に拡がってきている
何かを少しでも聴き質そうにも

わたしは現地語を全く識(し)らない

どうしよう
このまま見放すことはできそうにもない
今は気持ちを籠めて声を掛けるだけ
「しっかりして大丈夫よ」

一方自分の仕事への配慮はまるで無かった
冷静なタイプとはまるで程遠いのだろう
一瞬の被写体は失われチャンスは飛び去った
これではとてもプロとは言えない

何ものかに促されるままに
素肌に纏っていたシャツを素早く
その場に脱ぎ捨てることから始める
何よりも一先ず止血から取り掛かろう
長さ大きさなどに関係なくそれを引き裂く

次に重ねられた掌を膝から離そうとして
すぐさまわたしは困惑することになった
爪先が血の滲むほど食い込んでいて
そう簡単に引き剥がせる状態ではない

じっくり時間をかけて

指先を一本ずつこじ開けていく
思いがけないほど渾身の力の籠められた
彼女の両掌も遂に取り除かれた

鋭いガラス片
コップか空瓶の厚地で細めの破片が
抱え込まれている左脚の踵の隅に
埋めこまれるように突き刺さっている

この場の処置はとても無理と分かる
一刻も早く市中の病院に連れて行こう
今は考えるよりもわが手の動きに任せて

取り急ぎ上から布切れを幾重にも巻きつける
その上で掛け声もろとも彼女を背負(しょ)い上げる
腰の辺りに確(しっか)り組み合せた両掌(て)を支えに
歩き出そうと幾たびも試みてはみるものの
擦(す)り落とさないようにと心掛けながらの
肝心の始めの一歩が仲々踏み出せない

慣れない背負(せお)い状態での行脚(あんぎゃ)は勿論
加重され何処(どこ)までも沈み込む足許
繰り返し襲ってくる両手の鈍痛
拡大する一方の感覚の麻痺

それでも彼女が思ったより齢が低く
小柄なことが幸いしている
漸くここらで小休止

やや大きめのがらくたの上に横たえて
さまざまに変化する彼女の表情から
苦痛の程度を読み取ろうと試みる
声を殺して怺えている様子が
何にも増していたいたしい

ややあって思いがけず乾いた唇から零れ落ちた
小さなくぐもりの声に聴き耳を澄ます

「マリア」続けて
「マリア」と

上げられたまま宙をさ迷っていた
覚束なげな指先が終（つい）に彼女自身に向かう
双つの円（つぶら）な眸を一杯に見開きながら
頬の辺りを僅かに紅潮させて

そう名前を教えているらしい
自らマリアと名乗っていることからも
どうやらわたしを信用してくれたらしい
もの言いたげなマリアに上半身を寄せてゆき

しっかりハグしてからゆっくり背中を差し出す

人並みとは到底言えないわが身過ぎ
子どもに縁のないわたしの耳許には
しかしいつも或る一つの声が届いていた
そこに人並みを抑える自分がいた

いつまで経っても駆け出し同様の
わたしの他ない愛し(いと)し子と言えば
欠かさずに胸許にぶら下げている
この一台の小さなカメラの外にない

やがて往路を辿り直しながら
塵芥の山塵芥の泥濘塵芥の壁
そして何とも言えないあの汚臭からも
脱け出せたと思われたときは
既にどこも夕闇に包まれていた

ウネと香子

—何かしら
不意打ちに遭って訝しさが募る
今し方レッスンを終えた許りの担当教師が
向こうから目顔でわたしを誘っていた
手許には部厚い大判の大学ノート

「これが置き土産同様になった
祖母の話の聞き書きのすべてです」
と彼女はノートを手に執って話し出した

細かな文字で埋め尽くされた頁の隅に
よく撓う指先を滑らせながら

その頃になると既にベッドから
起き上がれなかったらしい老女が
或るとき思いがけず改まった口調で
「これから言って置きたいことがある」
と彼女を傍らに呼んで語って聞かせたと言う

是非にと乞われ手にしたわたしだったが
その一部始終の記録を目の前にしても
どうして他人(ひと)の口述筆記などといささか

当惑とも感じないわけでもなかった
ただ時間をかけて読み進めていくうちに
どこかに今迄とは違う自分を見出していた

それ以来というもの日々の営みごとでいつも
一杯になって身動きの取れないわたしの
脳裏にも時代の荒波に揉まれ続けた
一人の若い女性の生の主旋律が
ひたひたと流れ続けている
ここに抜き書きした記述は
原本の冒頭のほんの一部
この長い変奏曲では

序奏のアリアに過ぎない

裸電球の届く範囲はそう広くないので
どこもかしこも薄暗がりになります
いつものように積荷の陰から真っ黒く
すばしっこい生き物が出入りしていても
はっきりと確認できそうにありません

しかしそんな場所でもいつも手許に
本を拡げている若い女性のいることが

殆ど読書の習慣のなかったうちにとっては
何よりも好奇心の対象となっていました

幾たりもいる人々の中の一人として
今のところただ目礼を交わす程度の
格別親しい仲とも言えませんが

出航して数日後それまでの平穏な船旅が
一旦激しい時化(しけ)に見舞われてしまうと
一転してそれは時に耐え難いほどの
苦痛を伴うものになりました

傍らの大小山積みの貨物を繋ぎ止めている
頼みの綱がもし千切れたらと思うと
心細さと嘔吐(はきけ)が一緒に込み上げてきます
こんな場合には体を縮め息を詰めて
じっと堪えているよりほかありません

いつも本から目を離さない例の少女は
どのようにこの場をやり過ごしているか
やはり息もそぞろに無事を願っているのか
と切れ切れに浮かんでは消えてゆくのでした

そろそろ夕べも近いと思われる頃おい

漸く大きな揺れが収まろうとしてくると
今度はこの時化のせいですっかり忘れていた
船底特有の饐(す)えた臭いが劇しく鼻を衝き始める
そうここには耐え難いことが幾らでもあるのです

換気の悪い貨物専用の船艙に積荷に加えて
大勢の人たちと同居させられているので
新鮮な空気を求め何度か外に出るのが
必須な日課の一つになっていました

内心の焦りを抑えながらようやく
甲板に辿り着いたうちより一足早く

既に誰か先に来ている人がいて
タラップを踏む足音に気付いたのか
こちらへと向き直りました

チョゴリとチマ
そこに彼女が佇(た)っていました

意外な装束を目(ま)の辺りにしたうちの脳裏には直(す)ぐさま
古い記憶に連なる或る一枚の絵が浮かんできました
以前炭住や飯場などにあったわが家の行く先々の
押入れの片隅にいつも決まって置かれていた
古い行李にまつわる一くさりのことがらが

うちの問いかけに母はいつもとは異なる様子で
その年代の浸み込んだ容(い)れ物を横目にしながら
これには絶対に手を触れてはならない旨を
厳しい口調で言い渡したのを覚えています
不審な開かずの函を目の前にそれでも
なお見たくない人がいるでしょうか

貴重な物品との出会いという次第に
膨らむ期待の擒(とりこ)になっていた自分の
やがて目にしたものはそれだけに
気落ちさせるのにもまた充分でした

大事そうに油紙に包まれた一抱えの包み
それをさらに開封して見たその中味は
濃紺の部厚い布地に色とりどりの糸で
縫い取りを施された重たげな二着の衣裳

それだけでしたがただ奇妙なことに
その古着の初めて目にする鉤型文様からは
何か自然で心優しいものが流れ出していて
いつまでも見惚れていたことを覚えています

それが世間では厚司と呼ばれ以前に
祖父母の愛用していた衣服の一つで

この家の来歴を物語るものと知ったのは
それから大分後のことになりましたが

母にはまたうちと弟の二人をどうにかして
この国の真の一員としたい勁(つよ)い願望があり
常住そうした念(おも)いから逃れられませんでした
勿論わが子のその後の成り行きを知る由もなく

或いはそれは山間の小学校の高等科を終えたうちが
逆らうようにして港町の小料理屋に出たことや
そして今度この貨物船に乗ったことなどの
遠い原因になっているのかも判りません

いつしかあらかた雲も吹き払われ
洋上はどこまでもよく凪いでいました
広々とした海原を背に立つ彼女の容姿に
うちは思わず目を見張っているだけでした

若い人によくありがちなわざとらしさは
その全身のどこからも見当たりません
匂い立つ許りの正装に包まれた立ち姿の
何という見事なまでの晴れがましさ

何かが飛び込んできたようでした
白と赤の明瞭さが一つになった

明るい静けさとでも言いましょうか
それが直（じか）にうちを捉えた印象でした

幼時からいつも母のお為（し）着せのまま
周囲に同化しようと努めてきた自分と
すべて対蹠的な一人の少女がここにいる
何かに吸い寄せられるようにいつかうちは
甲板上の彼女の傍らに近付いていたのでした

二人の真の出会いが始まったのです
一方でその頃になると戦局の状況は
一層深刻さを加えて島嶼伝いの航路も

またままならないものとなっていました

自分たちが目的地のS島に上陸したのも
何とか無事に到着が叶えられたとは言え
予定を大幅に越えてからでしたから
そこではすでに用意万端が整えられ
今や遅しと待ち望まれていたのです

長い船旅を通して二人の間はいつか
相思の仲のように接近していきました
彼女の名前はウネでうちは香(きょう)子
当初ことばの通じなかったうちらも

その呼称だけはとり交わしていました
もともとウネの口数の少なかったことが
却って繋がりを強める結果にもなりました
こうして二人を固く結びつけていったのです

お互いのことを知りたいという欲求は
当然のようにそれぞれのお国ことばを
一つ一つ教え合うことに結実しました
またこの特殊な環境がさらにも多くを
その間に付け加えたに違いありません

上陸後間もなくうちら二人にその後の

行方を左右するような出来事が生じます
そしてそれがすべての終わりの始まりでした

到着早々の部隊副指令官の訓示から
「本隊に新たに加わった諸君はこれから
娘子隊と呼ばれ極めて枢要で特別な任務に就く
すべからくお国のためとその本分を尽くして欲しい」

ウネを含む八名はここ白浜の椰子の林の
各所に新たに設けられた小舎へと通うこと
それにうちともう一人が駐屯部隊本部のある
建物内の下士官以上専用の酒保付きとなること

つまり戦火に身を処す将士兵すべてを相手に
娘子隊の一員としての務めを充全に果たすこと
それがここにいるすべての女性に期待されていると

何よりも掛け替えのない友ウネはその後
わずか数日を経ずして世を去りました
或いは彼女に相応しかったかも知れない
自決というその身の処し方によって

今では僅かな隔たりをも意識させなくなり
もう一人の自分のようにさえ思われた
あのウネはこの世のどこにも居ない急速に

後追いへの懐いが膨れ上がってきました

いつどこでも手を携え仲よし姉妹同様の
うちらが生死を分けてしまっている現実を
どうして受け入れることなどできるでしょうか
いったい神は何処(どこ)にいるのでしょうか

何一つ縁故(ゆかり)のなかった二人の
まるで奇蹟のような出会いを受けて
全く別人のように生まれ変ったというのに
この自分だけが後に取り残されたのです

ひとが生きるということは
凪と時化また晴天と暴風雨
朝の陽光昼の光と翳(かげ)夜の闇
海の出会いそして陸の別れ

故国の方向を遥か洋上に望みながら
ただ一人の友を見送ったのは
この時期には珍しくない驟雨(しゅうう)の過ぎた
或る夕べのことでした

何処(どこ)という当てもないままいつかしら自分は
入り江にある船着き場へと脚を向けていました

そこはうちら二人が島に下り立ったところでした
気が付いたら既にその場所にいたのです

たったひとりになってから
ずっと素手に握り締めたままの
小さな骨の欠片(かけら)を波間に浸した時は
もう洋上に陽は没しかけていました

あれは何だろうか
そのときふっと気付きました
殆ど気力を失っていたようなうちの
瞼の内側が少しだけ明るくなったことに

下半身を水際に舫う闇に溶け込ませて
白いチョゴリをはっきり浮かび上がらせながら
ひっそりと立ち去ってゆくウネの後姿を
うちは確かに見たのでした

付エレジー：哀歌

リーヤに

君が呱々(ここ)の声を上げたのは
たしか敗戦の少し前だったか
世間は空襲に次ぐ空襲
加えて物資欠乏の最中(さなか)
父親は既に出征の身となり
後には女親と三男二女の子弟が残された
誰も彼もが逃げ込んだ床下の
永遠に続きそうな黴の臭いに耐えつつ
防空壕という名の窖(あなぐら)の底で慄えていた

せめて直撃弾が外（そ）れるようにと祈りながら

産（うぶ）声は時に灯火管制の下
神棚の灯明（とうみょう）の光の届く辺りに
或る夜半こよない白磁の柔（やわ）肌と
覚束なげな和（にこ）毛が照らし出された
取り上げた名うての助産婦の口からは
無事に育つ保証はできないと伝えられた
しかしあのか細い体のどこに宿っていたのか
訳の分からない根源的な力が働いてくれて
困難な状況を無事乗り切ることができた
以後誰しもそこに賭け続けてきた

横浜のわが家は戦火により焼失し
生命（いのち）からがら田舎に疎開した後でも
依然として食糧難には終わりが見えない
どの子一人にとっても今がまさに育ち盛り
山野草からお蟇（ひき）くちなわまで何でも口にした
若い母は白湯（さゆ）を飲んでやり過ごすのが日常
乳の出は細くなり終（つい）には途絶えてしまう
貰い乳のためにあちこちに出歩く日々
研ぎ汁や雑穀粥の上澄みが離乳食に

君はわがはらからの秘蔵っ子
代わる代わるの負んぶに抱っこ

周囲から等しく庇われ慈しまれた
大層な世にもめげずすくすく生い立つ
願望は叶えられたかのように見えた
学びの日々は格別ということもなく
社会人としても順調に滑りだしたのに
思いがけない青壮年期の半ばに至って
突然の発作とその後の蟄居生活が続く
乳児期のあの不如意の記憶が甦える
それでもいずれ労苦は報われるはずと
周囲の誰一人疑わなかった

人呼んでリーヤ

嘗てのややこにして今の先達
選ばれて我らの許に寄越された者
それはないではないかしかも今度は
どこか得体の知れない逆風に吹かれて
人知れず混沌の境へと拉し去られたうえ
一言の断りを告げることも叶わずに
烏有に帰すなどということは
でもこれだけは確約して欲しい
いつの日か遥か成層圏の彼方にあって
お互いに目に見えない微塵となり
またない再会を期すことを

鳥のようにイルカのように

二〇二三年七月七日　発行

著　者　井上舎密

発行者　知念明子
発行所　七月堂
〒一五四―〇〇二一　東京都世田谷区豪徳寺一―二―七
電話　〇三―六八〇四―四七八八
FAX　〇三―六八〇四―四七八七
july@shichigatsudo.co.jp
印　刷　タイヨー美術印刷
製　本　あいずみ製本所

Printed in Japan
ISBN 978-4-87944-522-3 C0092